新制日檢

必考外來語

〔完全命中，高分跳板〕

日檢合格，就靠這一本

附QR碼線上音檔
行動學習・即刷即聽

林小瑜 ◎編著

哈福

日檢合格，高分跳板

本書專為日語能力N4以上程度考生，量身打造，電腦精選日語考試最常考、出現頻率最高的外來語，收錄完整、圖表編排、快速記憶、過目不忘，學好外來語，日語檢定、升學考試、遊學留學、求職經商，都OK。

什麼是日語的「外來語」？就是選用適宜的外國語，再加以日語化，並使其成為日語的一部份。

一般而言，日語的外來語以西洋語系為原語，而在西洋語系中，主要指葡萄牙語、西班牙語、荷蘭語、法語、德語、義大利、英語等語種。其中的葡萄牙語、西班牙語和荷蘭語，轉借進入日語使用的，大都以宗教、衣食生活用語，以及礦、植物等學術用語為多。

法語轉借進入日語使用的，則大都以軍事用語為多，其次為度量、烹調、服裝、文藝及政治等用語。德語轉借進入日語使用的，時間較晚，其中多為醫學、哲學、文學、政治等用語。音樂用語中，義大利語很多，但大都是義大利語，先轉入英語、德語、法語等語言，再借入日語的。

至於，由中國語借入日語的語彙，由於歷史的原因，不以外來語論，但有些則是按照外來語標音法。例如：「ウーロン茶」(烏龍茶)、「マージャン」(麻將)。

本書提供給N4以上讀者，挑戰學習機會。內容深入淺出，豐富多樣的編排方式，寓教於樂。從浩瀚的外來語中，全面選出常用語。分類整理，展現外來語形態的多元性。

「萬花筒見聞篇」：精選常用外來語，並配合「萬花筒」日常生活單元。「延伸家族篇」：分項歸類，凡接頭語、接尾語、複合語、及形成動詞、形動詞等，多變的詞性組合。「詞句應用篇」：列舉常用外來語的單字、造詞和造句。「音節快速記憶」：則是歸類不同音節單字，強化學習效率。

本書中原語的標示，例如：(俄)是指原語為俄語，(荷)則為荷蘭語，以此類推。

1. 萬花筒見聞篇

2. 延伸家族篇

3. 詞句應用篇

4. 音節快速記憶

日語50音表

清音（カタカナ）

母音 子音	a		i		u		e		o	
a	a	ア	I	イ	u	ウ	e	エ	o	オ
k	ka	カ	ki	キ	ku	ク	ke	ケ	ko	コ
s	sa	サ	shi	シ	su	ス	se	セ	so	ソ
t	ta	タ	chi	チ	tsu	ツ	te	テ	to	ト
n	na	ナ	fi	ニ	nu	ヌ	ne	ネ	no	ノ
h	ha	ハ	hi	ヒ	fu	フ	he	ヘ	ho	ホ
m	ma	マ	mi	ミ	mu	ム	me	メ	mo	モ
y	ya	ヤ			yu	ユ			yo	ヨ
r	ra	ラ	ri	リ	ru	ル	re	レ	ro	ロ
w	wa	ワ							o	ヲ
鼻音	n	ン								

濁音（カタカナ）

子音\母音	a		i		u		e		o	
g	ga	ガ	gi	ギ	gu	グ	ge	ゲ	go	ゴ
z	za	ザ	ji	ジ	zu	ズ	ze	ゼ	zo	ゾ
d	da	ダ	di	ヂ	du	ヅ	de	デ	do	ド
b	ba	バ	bi	ビ	bu	ブ	be	ベ	bo	ボ

半濁音（カタカナ）

子音\母音	a		i		u		e		o	
p	pa	パ	pi	ピ	pu	プ	pe	ペ	po	ポ

拗音（カタカナ）

kya	キャ	kyu	キュ	kyo	キョ
gya	ギャ	gyu	ギュ	gyo	ギョ
sha	シャ	shu	シュ	sho	ショ
ja	ジャ	ju	ジュ	jo	ジョ
cha	チャ	chu	チュ	cho	チョ
nya	ニャ	nyu	ニュ	nyo	ニョ
hya	ヒャ	hyu	ヒュ	hyo	ヒョ
bya	ビャ	byu	ビュ	byo	ビョ
pya	ピャ	pyu	ピュ	pyo	ピョ
mya	ミャ	myu	ミュ	myo	ミョ
rya	リャ	ryu	リュ	ryo	リョ

世界主要國家地區使用語言

Assamese	アッサム語	阿薩姆語
Armenian	アルメニア語	亞美尼亞語
Amharic	アムハラ語	安哈拉語
Arabic	アラビア語	阿拉伯語
Ashanti	アンシャンテ語	阿桑特語
Baluchi	バルチ語	俾路支語
Bengali	ベンガル語	孟加拉語
Bihari	ビハール語	比哈爾語
Burmese	ビルマ語	緬甸語
Bulgarian	ブルガリア語	保加利亞語
Bambara	バンバラ語	班巴拉語
Berber	ベルベル語	柏柏語
Catalan	カタロニア語	加泰隆語
Czech	チェコ語	捷克語
Dutch	オランダ語	荷蘭語
Danish	デンマーク語	丹麥語
Estonian	エストニア語	愛沙尼亞語
Efik	エフィック語	艾菲克語
Ewe	エウェ語	埃維語
French	フランス語	法語
Finnish	フィンランド語	芬蘭語
Fijian	フィジー語	斐濟語
German	ドイツ語	德語
Georgian	ジョージア語	喬治亞語
Greek	ギリシャ語	希臘語
Galla	ガラ語	古拉語

（備註：如想對世界各國語言，進一步了解，可上google查詢）

萬花筒見聞篇

1-1

ア

アリバイ
alibi
不在現場證明

アジェンダ
agenda
議題、議事日程

アクセント
accent
重音

アポイントメント
appointment
定約

ア・カペラ
(義) a cappella
無樂器伴奏合唱團

アボーション
abortion
墮胎、人工流產

アルバイト
(德) arbeit
打工、兼差

アクア
(拉) aqua
水

アンケート
(法) enquête
問卷

ア・ラ・モード
(法) a la mode
流行的

アルコール
(德) alkohol
酒精、酒類

アルバム
album
相簿

アレルギー
(德) allergie
過敏症

イラスト
illustration

插畫

インプット
input

輸入

インサイド
inside

內側

インスタント
instant

速食、簡易的

インターン
intern

研習生、實習生

イントネーション
intonation

語調

インフォメーション
information

資訊、信息

イコン
(德)Ikon

聖像、聖像畫

イデオロギー
(德)Ideologie

衝擊、影響（力）

インパクト
impact

觀念形態

イコール
equal

等同

イニシャル
initial

開頭字母

イミテーション
imitation

仿製品

ウ

ウィット	ウェーブ	ウィークリー
wit	wave	weekly
機智	波浪、電波	週刊、週報

エ

エクスプレス	エピソード	エチケット
express	episode	etiquette
高速（列車、巴士）	插話、逸事	禮儀、禮貌

エレガント	エリート	エスカレート
elegant	elite	escalate
優雅、雅致	精英、傑出者	升級

エキストラ	エネルギー
extra	（德）energie
臨時、額外	能量

オ

オファー
offer
報價

オーバーシーズ
overseas
海外

オペ
(徳)operation
手術

オーラル
oral
口述的

オルガン
organ
風琴

オークション
auction
拍賣、競標

オプション
option
選擇、選項

オリエンテーション
orientation
入學教育

オーケストラ
orchestra
管弦樂團

オーダー
order
訂貨

オープン
open
開放

オーブン
oven
烤箱

オゾン
ozone
臭氧

萬花筒

ビリヤード
billiards
撞球

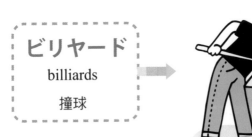

ゴルフ
golf
高爾夫球

ラグビー
rugby
橄欖球

ボウリング
bowling
保齡球

スキー
ski
滑雪

ゲートボール
gate＋ball
門球

サッカー
soccer
足球

テニス
tennis
網球

13

1-2

カ

カーキ khaki 卡其色	**カーゴ** cargo 貨櫃	**カーニバル** carnival 嘉年華會
カートン carton （瓦楞）紙箱	**カーテン** curtain 窗簾	**カロリー** calorie 卡路里
ガス gas 瓦斯	**カプセル** （德）kapsel 膠囊	
ガソリン gasoline 汽油	**カーサ** （西）casa 家、建築物	**カジノ** （義）casino 賭場
カレンダー calendar 月曆	**カーペット** carpet 地毯	

キ

キャビア	キャンパス	キッズ
caviar	campus	kids
魚子醬	大學等的校園	小孩

キュート	キャメル	キャロル
cute	camel	carol
可愛、活潑	駱駝（色）、香菸品牌	聖誕頌歌

ク

クライアント	グリーンハウス	クリスマス
client	green house	Christmas
委託人、顧客	溫室	聖誕節

クラス	クラブ	クローズアップ
class	club	close up
班級	俱樂部	特寫

15

クリーム	クレーム	クラッチ
cream	claim	crutch
奶油	申訴(不滿)	離合器

グラム	グーグル	グラフ
gram	Google	graph
公克	搜尋引擎	圖表

クロワッサン	グルメ	クーポン
croissant	(法) gourmet	(法) coupon
弦月、可頌麵包	美食家	回數票、優待券

コピーライト	コメント	コーラス
copyright	comment	chorus
著作權、版權	評語	合唱

コンパクト	コンスタント	コーチ
compact	constant	coach
攜帶用、小型	不斷的	教練

コード	コード	ゴスペル
cord	code	gospel
線、繩	密碼	福音、新約聖經福音書

コンクール	コントロール	コマーシャル
(法) concours	control	commercial
比賽	控制	商業廣告

コレステロール	コミュニケーション
cholesterol	communication
膽固醇	溝通、交流

コレクション	コンクリート
collection	concrete
收集	混凝土

コクーン	コック	コップ
cocoon	(荷) kok	(荷) kop
繭	廚師	玻璃杯

コントラスト	コカイン
contrast	cocaine
對照	古柯鹼

07:52

ビール

beer

啤酒

レモネード

lemonade

檸檬水

ジュース

juice

果汁

シャンパン

champagne

香檳

カプチーノ

cappucchino

卡布奇諾咖啡

カフェオレ

(法) café au lait

牛奶咖啡

アイスティー

ice-tea

冰紅茶

ミネラルウォーター

mineral water

礦泉水

ワイン

wine

葡萄酒

1-3

サ

サマリー summary 大綱、概略	**サーチャー** searcher 搜尋者	**サフラワー** safflower 番紅花
サスペンス suspense 懸疑（情節）	**サークル** circle 小組、班	**サバイバル** survival 存活

サイクル
cycle
循環

サイクリング
cycling
騎自行車

サンプル
sample
樣本

サイン
sign
簽名

サイレン
siren
警笛、汽笛

サファイア
sapphire
藍寶石

シェア	ジーニアス	システム
share	genius	system
分享、市場佔有率	天才、素質	體制、系統

シンポジウム	ジャンル	シングル
symposium	(法) genre	single
學術討論會	種類、題裁	單一、單身

シンプル	シェフ	ジグザグ
simple	chef	zigzag
簡單、純樸	大廚	之字型

スタチュー	スネーク	スターチ
statue	snake	starch
雕像	「蛇頭」；專對幫助偷渡的人	澱粉（食物）

スタート	ストレート	スマート
start	straight	smart
出發、開始	筆直	苗條

スライド	スピード	スタッフ
slide	speed	staff
幻燈片	速度	工作人員

ステップ	スキル	スケール
step	skill	scale
步驟、階梯	技術、技巧	規模

ストッキング	スケジュール	
stockings	schedule	
褲襪、長統襪	行程表	

スプーン	スローガン	
spoon	slogan	
湯匙	口號、標語	

ズボン

(法) jupon

長褲

セ

ゼミ（ナール）
(德)seminar

神學院、研究班

セラピー
therapy

治療、療法

セレモニー
ceremony

儀式

センシティブ
sensitive

敏感的

センチュリー
century

世紀（100年為1世紀）

ソ

ゾーン
zone

地區、地帶

ソフィスティケート
sophisticated

知性的、精巧的

ソリューション
solution

問題解決、解答

ソプラノ
soprano

女高音

ファンデーション
foundation
粉底霜

コールドクリーム
cold cream
冷霜

パック
pack
面膜

アイシャドー
eye shadow
眼影

マスカラ
mascara

睫毛膏

リップクリーム
lip cream

唇膏

リップグロス
lip gloss

唇彩

マニキュア
manicure

修指甲、指甲油

タワー	ダイバーシティー	ダイエット
tower	diversity	diet
塔、機場管制塔	多樣性的	節食、減肥

ダンス	ダース	タオイズム
dance	dozen	Taoism
跳舞、舞蹈	一打	老莊思想

ダイナミック	タイトル	タオル
dynamic	title	towel
有動力的	頭銜	毛巾

ダブル	タバコ	タイピン
double	tobacco	tiepin
雙重	香煙	領帶夾

タイマー	タイル	タキシード
timer	tile	tuxedo
定時器	瓷磚	晚禮服

チ

チャウダー	チューター	チェンジ
chowder	tutor	change
海鮮濃湯	監護人、家庭教師	改變

チャレンジ	チャイナ	チンピ
challenge	china	（中）chénpi
挑戰	陶磁器	陳皮

チャイナタウン	チタン	チャイム
chinatown	titanium	chime
唐人街、中華街	鈦	門鈴

テ

ディーラー	テクノロジー	デメリット
dealer	technology	demerit
商人、小賣商	科學技術	缺點、弱點

テキスト
text
教科書、講義

デート
date
約會

デマ
（德）demagogie
流言

デリケート
delicate
敏感、精緻

テーゼ
（德）these
論文、綱領

ディクテーション
dictation
聽寫

ディスカッション
discussion
討論

ティーン・エージャー
teen ager
青少年

テクノロジー
technology
科技

ティッシュ
tissue
面紙

テナー
tenor
管樂器

テノール
tenor
男高音

テリトリー
territory
領域

テント
tent
帳篷

ト

ドーミトリー	ドラッグ	ドラフト
dormitory	drug	draft
宿舎	藥物、麻藥	草稿、製圖

トレード	トンネル	ドル
trade	tunnel	doll
貿易、買賣	隧道	美金

ドーム	トラバーユ
dome	(法) travail
教堂建築的圓屋頂	勞動、工作

ドミノ	トランク	ドラム
domino	trunk	drum
骨牌	行李箱	大鼓

トランプ

trump

撲克牌

1-4 07:36

カーネーション

carnation

康乃馨

チューリップ

tulip

鬱金香

コスモス

cosmos

大波斯菊

シクラメン

cyclamen

仙客來

ガーベラ
gerbera

非洲菊

ミモザ
mimosa

含羞草

マーガレット
marguerite

雛菊

ハーブ
herb

藥草

ヒヤシンス
hyacinth

風信子

ナビゲーター
navigator
航海者、飛行員

ナース
nurse
護士、奶媽

ナイーブ
naive
天真

ナムル
namul
韓國涼拌菜總稱

ナルシシズム
narcissism
自我陶醉

ナン
nan
印度薄餅

ナンセンス
nonsense
胡說

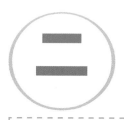

ニュースキャスター
newscaster
新聞播報員

ニーズ
needs
要求

ニューハーフ
new half
男同性戀者、變性成為女人的男性

ニュートラル
neutral
中立的

ネ

ネイチャー
nature
自然、本性

ネイティブ
native
說母語的人、原地的

ネットサーフィン
net-surfing
瀏覽網頁

ネパール
nepal
尼泊爾

ネクスト
next
下一個

ノ

ノミネート
nominate
指名、任命

ノスタルジー
（法）nostalgie
鄉愁

ノイローゼ
（德）neurose
神經衰弱

ノーコメント
no comment
無可奉告

ノズル
nozzle
噴嘴

萬花筒 03:28

アメリカ
America
美國

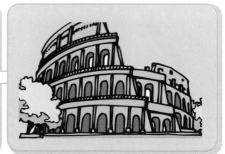

アルゼンチン
Argentina
阿根廷

イタリア
Italy
義大利

インド
India
印度

イスラエル
Israel

以色列

イギリス
England

英國

インドネシア
Indonesia

印尼

エジプト
Egypt

埃及

ハ

パートナー
partner
共同經營者

ハイヤー
hire
高級出租汽車

バイヤー
buyer
買主

バーズ・アイ・ビュー
bird's-eye view
鳥瞰圖

ハイジャック
hijack
劫持飛機

パック
pack
包裝、打包

バドミントン
badminton
羽毛球

パスポート
passport
護照

パーフェクト
perfect
完美、完善

パンフレット
pamphlet
小冊子

バイリンガル
bilingual
兩種語言的

パッチワーク
patchwork
拼布

パーセント

percentage

百分比

バイブル

Bible

聖經

バーゲン

bargain

拍賣

パソコン

personal computer

(個人)電腦

バイオリン

violin

小提琴

バージョン

version

版本

ヒ

ビューロクラシー

bureaucracy

官僚政治

ピーク

peak

（最）高峰

ピクニック

picnic

郊遊

ピンク

pink

粉紅色

ビスケット

biscuit

餅乾

ヒューマニスト

Humanist

人文主義者

ピル

pill

藥丸、口服避孕藥

ビニール

vinyl

塑膠袋原料

ビラ	ピストル	ヒステリー
(義) villa	(荷) pistal	(德) hysteric
別墅	手槍	歇斯底里的

ファンタジー	フェミニスト	フォーマット
fantasy	feminist	format
空想、幻想曲	對女性親切的人	型式、體材

プレジデント	プリント	プライベート
president	print	private
總統、校長	印刷品	個人隱私

プレゼント	プライド	プレス
present	pride	press
禮物	自尊心	新聞、出版

ファイナンス	ファイル	フィルム
finance	file	film
財源、融資	文件、檔案	底片

プラットホーム　　　プログラム　　　プラン

platform　　　　　program　　　　　plan

月台　　　　　　　　節目　　　　　計劃、方案

プレゼンテーション　　　フィクション

presentation　　　　　　fiction

提示、發表、概要介紹　　虛構、小說

ブランコ　　　　　プロ　　　　　ファイト

（葡）balanco　　professional　　fight

鞦韆　　　　　　　專業的　　　　鬥志

ベジタリアン　　　ペンション

vegetarian　　　　pension

菜食主義者　　　年金、民宿設施

ペンキ　　　　ベーカリー　　　　ベージュ

（荷）pek　　　bakery　　　　　beige

油漆　　　　烘焙店、麵包店　　明亮灰褐色、羊毛自然色

ポリシー

policy

政策、方針

ポラリス

Polaris

北極星

ポープ

Pope

羅馬教皇

ボーカル

vocal

聲樂（的）、樂團伴唱合聲

メモ

萬花筒

エチオピア
Ethiopia

衣索匹亞

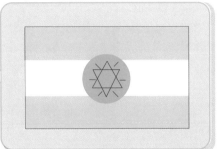

オーストラリア
Australia

澳洲

カナダ
Canada

加拿大

ギリシャ
Greece

希臘

ケニア
Kenya

肯亞

シンガポール
Singapore

新加坡

スイス
Switzerland

瑞士

スペイン
Spain

西班牙

マ

マイスター
(德) Meister

専家、名匠

マスター
master

家長、教師、達人

マイク
microphone

麥克風、話筒

マスク
mask

口罩

マーメード
mermaid

人魚

マイナス
minus

減、負

マヨネーズ
mayonnaise

美乃滋

マニュアル
manual

導覽、作業規定説明書

マンダリン
Mandarin

北京官話

マージャン
(中) Majan

麻將

マカロニ
macaroni

通心粉

マイル
mile

英里

ミッション

mission

任務、業務

ムック

mook（magazine+book的合成語）

雜誌風格的書籍

メランコリア

melancholia

憂鬱症

メガ

mega-

大的、強力的

メカニズム

mechanism

機構、機械學

メトロポリタン

metropolitan

大都會

メルヘン

（德）Märchen

童話

メゾン

（德）maison

家、住宅

メロディー

melody

旋律

メロン

melon

哈密瓜

モーメント	モニュメント	モノクローム
moment	monument	monochrome
瞬間、危險、契機	紀念碑	黑白照片

モラール	モラル	モービル
morale	moral	mobile
士氣、風紀	倫理、道德	移動式的

メモ

萬花筒 03:38

タイ
Thailand

泰國

トルコ
Turkey

土耳其

ドイツ
Germany

德國

マレーシア
Malaysia

馬來西亞

ニュージーランド
New Zealand

紐西蘭

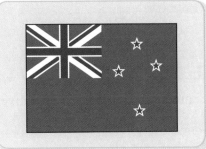

パラグアイ
Paraguay

巴拉圭

ブラジル
Brazil

巴西

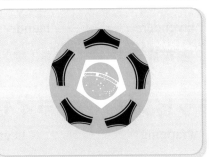

サウジアラビア
Saudi Arabia

沙烏地阿拉伯

ユニーク
unique

獨特的、唯一的

ユニバーサル
universal

宇宙的、一般的

ユーロ
euro

EU的通貨單位

1-9

ラベンダー
lavender

薰衣草

ランドリー
laundry

乾洗（物）店

ランドマーク
landmark

都市或區域中明顯地標

ラッピング
wrapping

包裝

ライセンス
license

執照

ライバル
rival

競爭對手

ラベル
label

標籤

ランドセル
（荷）randsel

學童書包

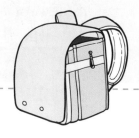

リ

リタイア
retire
退休

リスナー
listener
收音機等的聽眾

リクルート
recruit
招募人才、就職

リクエスト
request
要求、請求

リスト
list
名單、目錄

リベンジ
revenge
報復

リストラ
restructure
重組、裁員

リムジン
limousine
機場接送巴士

ル

ルミネ
（法）lumineux
光輝

ルンペン
（德）Lumpen
失業者、流浪者

ルビー
ruby
紅寶石

49

レ

レインコート	レポート
raincoat	report
雨衣	報告

レシート	レコード
receipt	record
收據、發票	唱片

レシピ	レイプ	レジュメ
recipe	rape	(法) réumé
食譜、調理法	強暴	要旨、履歷表

レクリエーション	レッスン	レントゲン
recreation	lesson	(德) Röntgen
娛樂活動	功課	X光

ロ

ロイヤルティー	ロッタリー	ロブスター
royalty	lottery	lobster
著作權使用費、王位	樂透、彩券	大龍蝦

ロボット

robot

機器人

ロマン

（法）roman

故事、長篇小說

ワイフ

wife

妻子

ワークショップ

workshop

研習會、工作坊

ワッフル

waffle

鬆餅

メモ

萬花筒

 04:41

ハワイ
Hawaii

夏威夷

フランス
France

法國

フィリピン
Philippines

菲律賓

ベトナム
Vietnam

越南

ベルギー
Belgium

比利時

リビア
Libya

利比亞

メキシコ
Mexico

墨西哥

ロシア
Russia

俄國

延伸家族篇

 街頭語 2-1

インター	inter-	相互之間

インターチェンジ
-change

高速公路出入口、交換

インターコース
-course

交流

インターナショナル
-national

國際的

インタビュー
-view

採訪、面試

オート	(法) auto-	自動的

オートバイ
-bicycle

摩托車

オートモービル
-mobile

汽車

オートメーション
-mation

自動化

オートロック
-lock

自動鎖

サブ	sub-	下、副、輔助

サブマネージャー
-manger

副理

サブノート
-note

輔助筆記

サブタイトル
-title

副標題

スーパー	super-	超、上、一流

スーパースター
-star

超級巨星

スーパービジョン
-vision
監督

スーパーマン
-man
超人

ニュー　　new-　　新的

ニューフェース
-face
新人

ニューデザイン
-design
新設計

ニューファッション
-fashion
新潮流

ノン　　(法)、(義)non-　　非、無、不

ノンキャリア
-career
無經歷

ノンストップ
-stop
直達

ノンプロ
-profession

非専業

リ	re-	再次、更加、重新

リセット
-set

重組、清除

リサイクル
-cycle

回収

リフォーム
-form

翻新

メモ

其他街頭語 ↘

アン	un-	否定的接頭語
アンチ	anti-	反對、抵抗
ウルトラ	ultra-	極端的、超過
セミ	semi-	半的
セルフ	self-	自己的
テレ	tele-	遠的
デミ	demi-	半的
ネオ	neo-	最新的、近代的
バイ	bi-	二、雙
プレ	pre-	…之前
ポスト	post-	…之後
マイクロ	micro-	微小、百萬分之一
マクロ	macro-	巨大的

ミニ	mini-	小的
メガ	mega-	大、一百萬倍
メタ	meta-	超、高次
モノ	mono-	單一、單獨的
ユーロ	Euro-	歐洲的

音節快速記憶 2-8 00:00~00:54

ドア	ゲイ	ビザ	ピザ
door	guy	visa	pizza
門	同性戀者	簽證	披薩

ボス	キス	ミス	シャツ
boss	kiss	miss	shirt
老闆	親吻	錯誤、小姐	襯衫

ツナ	ノブ	ダム	ゴム
tuna	knob	dam	(荷) gom
鮪魚	門把	水壩	橡膠

ハム	ベル	ゼロ	ファン
ham	bell	zero	fan
火腿	門鈴	零	風扇、支持者

字首相同 2-1 02:18

フル・マラソン
full marathon
全程馬拉松

フル・ネーム
full name
姓與名

モノクローム
monochrome
黑白照片

モノレール
monorail
單軌電車

オーバーステイ
over stay
非法居留

オーバーワーク
over work
過度疲勞

アウトサイダー
outsider
局外人

アウトライン
outline
外觀輪廓

テレビタレント
television talent

電視演員

テレホン
telephone

電話

トップ・シークレット
top secret

最高機密

トップ・レディー
top lady

名媛、第一夫人

アンバランス
unbalance

不平衡

アンハッピー
unhappy

不快樂

接尾語 **2-2**

ファイ	-fy	作成…、…化

シンプリファイ
simpli-
簡化

ジャスティファイ
justi-
正當化

モディファイ
modi-
修飾、緩和

（イ）ック	-ic （法）-ique	…的、 屬於…、…性

クラシック
class-
古典的

コミック
com-
喜劇的

ドラマチック
dramat-
戲劇性的

プラスチック
plast-
塑膠

テクニック
technique
技巧

| フル | -ful | …滿滿的、充滿於… |

カラフル
color-
多彩的

スキルフル
skill-
有技巧的

ビューティフル
buti-
美麗的

| レス | -less | 缺少、欠缺 |

エンドレス
end-
無窮盡

ステンレス
stain-
不鏽鋼

ワイヤレス
wire-
無線的

（イ）スト

-ist,（法） -iste　　從事…的人、
…論者、…主義者、…的專門家

ピアニスト
piano-
鋼琴家

リアリスト
real-
寫實主義者

エッセイスト
essay-
隨筆家

ジャーナリスト
journal-
新聞媒體人士

（イ）ング

-ing　　動作、動作的結果

ウェディング
wedd-
婚禮

ウェイティング
wait-
等待

カウンセリング
counsel-
協談

ジョギング
jogg-

慢跑

ダイビング
div-

潜水

ヒアリング
hear-

聽力

フィーリング
feel-

感受

クリーニング
clean-

乾洗

イヤリング
earr-

耳環

モーニング
morn-

早晨

ネーミング
nam-

命名

メント　　-ment　　結果、手段、動作、性質

アポイントメント
appoint-
約會

アレンジメント
arrange-
安排

コミットメント
commit-
許諾

シップ　　-ship　　資格、狀態、身份

パートナーシップ
partner-
協力、合夥

フレンドシップ
friend-
友誼

リーダーシップ
leader-
領導地位

ション   -tion   形成表示動作、狀態的名詞

アクション
ac-

動作

インフォメーション
informa-

情報

オーディション
audi-

試聽、試鏡

ロケーション
loca-

位置

タイプ   -type   …型、…式

ステレオタイプ
stereo-

成見

ニュータイプ
new-

新型

タイプライター
writer

打字機

字尾加上er **2-2** 02:45

シン**ガー**

singer

歌手

スニー**カー**

sneaker

便鞋

スピー**カー**

speaker

擴音器

ブレー**カー**

breaker

遮斷器

メー**カー**

maker

製造商

ロッ**カー**

locker

公共保管箱

ワー**カー**

worker

工作者

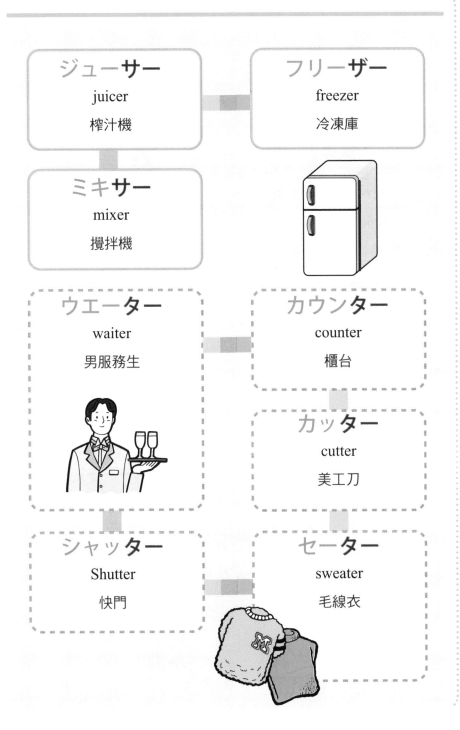

ジュー**サー**
juicer
榨汁機

フリー**ザー**
freezer
冷凍庫

ミキ**サー**
mixer
攪拌機

ウエー**ター**
waiter
男服務生

カウン**ター**
counter
櫃台

カッ**ター**
cutter
美工刀

シャッ**ター**
Shutter
快門

セー**ター**
sweater
毛線衣

ハンター
hunter
獵人

ポーター
porter
搬運服務員

レポーター
reporter
播報員

ライナー
liner
襯墊

タイマー
timer
計時器

ドライヤー
dryer
吹風機

プレーヤー
player
唱機

形容動詞—加上な連接名詞

アカデミック
academic
學院派的

アブノーマル
abnormal
不正常的

アンフェア
unfair
不公平的

イージー
easy
簡單的

エキゾチック
exotic
異國情調的

エッチ
(日) H
色情狂的

エレガント
elegant
優雅的

カジュアル
casual
輕便的（服裝）

クール
cool
涼的、冷靜的

ゴージャス
gorgeous
華麗的

シック
(法) chic
時髦、俏麗

シビア
severe
嚴格的

シリアス
serius
嚴肅的

スムーズ
smooth
流暢的

スリム
slim
體型高瘦的

セクシー
sexy
性感的

ソフト
soft
柔軟的

タフ
tough
堅韌、強壯的

チャーミング
charming
迷人的

デリケート
delicate
精緻的

ナチュラル
natural
自然的

ニヒル
(拉) nihil
虛無的

ハンサム
handsome
男子俊美

ハンディー
handy
便利的

ビジュアル
visual
視覺的

ファジー
fuzzy
模糊的、電腦自動控制的

ファンシー
fancy
空想、幻想的

フレッシュ
fresh
新鮮的

ヘルシー
healthy
健康的

メランコリック
melancholic
憂鬱的

モダン
modern
現代、時髦的

リアル
real
現實、寫實的

リッチ
rich
富有的、豐富的

ルーズ
loose
鬆懈的、無拘束

ロマンチック
romantic
傳奇性的、浪漫的

動詞一當動詞使用時，必須加上する

アクセス access 接近	アタック attack 攻擊
エスコート escort 護送	エンジョイ enjoy 享受
カウント count 計算	カンニング cunning 作弊
キープ keep 保存	キャッチ catch 捕捉
クリエート creat 創造	クローズ close 終了

クロス
cross
交叉

コーポレート
cooperate
合作

コンファーム
confirm
確認

スカウト
scout
發掘新人

スキップ
skip
輕快的向前跳躍

スケッチ
sketch
速寫

スパイ
spy
間諜

スライス
slice
切片

スライド
slide
滑行

スリップ
slip
滑倒

セット
set
調節、做頭髮

セレクト
select
選擇

チェンジ
change
交換

チャージ
charge
充電、收費

デビュー
(法) début
首次登台

トレーニング
training
訓練

ドライブ
drive
駕駛

テイクアウト
takeout
外帶食物

ネゴ（シエーション）
negotiation
交渉

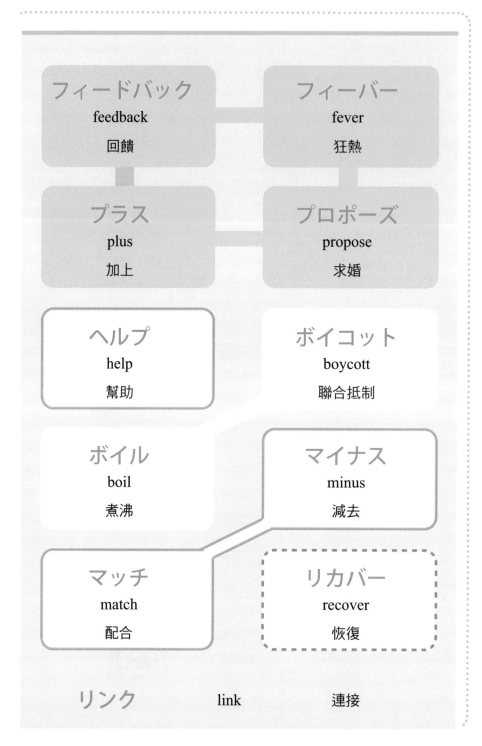

フィードバック	フィーバー
feedback	fever
回饋	狂熱

プラス	プロポーズ
plus	propose
加上	求婚

ヘルプ	ボイコット
help	boycott
幫助	聯合抵制

ボイル	マイナス
boil	minus
煮沸	減去

マッチ	リカバー
match	recover
配合	恢復

リンク　　　　link　　　　連接

複合語 02:16

| オール | all- | 全所有、完全 |

オールシーズン
-season

全年四季

オールナイト
-night

整晩

| カード | -card | 小型厚紙、塑膠卡 |

キャッシュカード
cash-

金融卡

クレジットカード
credit-

信用卡

メンバーズーカード
members-

會員卡

プリペイドカード
prepaid-

預付卡

ケース　　　-case　　　箱、容器、皮箱

スーツケース
suit-

皮箱

ブックケース
book-

書盒

ショーケース
show-

展示櫃

カー　　　-car　　　汽車、…車

パトカー
patrol -

巡邏警車

ケーブルカー
cable-

纜車

ベビーカー
baby-

嬰兒車

ダウン   -down   下降、往下

コストダウン
cost-

降價

スピードダウン
speed-

減速

ノックダウン
nock-

打倒

オーバー   over   超越、過剰、覆蓋

オーバーウェイト
-weight

超重

ゲームオーバー
game-

遊戲結束

セール -sale 大拍賣、拋售

クリスマス**セール**
christmas-

聖誕節大特賣

スペシャル**セール**
special-

特賣會

ディスカウント**セール**
discount

折扣拍賣

タイム -time 時、所要時間、期間

ティー**タイム**
tea-

午茶時間

ランチ**タイム**
lunch-

午餐時間

アップ	-up	往上、提高、做成…、結束

イメージ**アップ**
image-
提高形象

コスト**アップ**
cost-
漲價

パワー**アップ**
power-
能力增強

音節快速記憶 **2-8** 00:55~02:11

タイヤ	トライ	ドライ	
tire	try	dry	
輪胎	嘗試	乾燥	

インク	ショック	エイズ	クイズ
ink	shock	AIDS	quiz
墨水	衝擊	愛滋病	猜謎

マッチ	ファイト	テスト	ベスト
match	fight	test	best
火柴	奮戰	考試	最佳

ソフト	ヒット	ニット	オイル
soft	Hit	knit	oil
柔軟	打中、熱門的	編織	油

其他常用複合語 2-4

ブック	book	筆記本、名冊、目錄
ボーイ	boy	年青人、青年
ボード	board	板、台、盤
ボール	ball	球、球形、球技
コース	course	路線、順序過程
フェース	face	臉、容貌、事物表面
ガール	girl	年輕女孩、婦人
ホール	hall	公共設施、會館
ホール	hole	洞、孔
ライン	line	線、境界、路線
ランプ	lamp	…燈、電燈
ルック	look	…風格的裝扮
ライト	light	光、光源

マン	man	人、從事…者
メーカー	maker	製作…者
ナンバー	number	數字、號碼
パス	pass	傳球、通行
ルーム	room	室、房間
ウェア	wear	服裝
サイズ	size	尺寸、大小
サービス	service	服務、接待、折扣
ショー	show	馬戲團、表演等
スクール	school	學校
スタイル	style	服裝流行型態、裝扮
スタンド	stand	小店、路邊攤等
ワーク	work	工作、研究、行為、作品

簡略外來語 2-4 01:01

アニメ
animation
卡通

アパート
apartment
公寓

アルミ
aluminium
鋁

アンプ
amplifier
擴音器

エアコン
air conditioner
空調

ビル
building
大樓

コンビ
combination
搭擋

デパート
department store
百貨公司

デモ
demonstration
示威遊行

マスコミ
mass communication
大眾傳播

インテリ
（俄）intelligentsia
知識分子

ネガ（ティブ）
negative
底片、否定的、消極的

パート（タイム）
part time
打零工

リズム
rhythm
節奏、規律

モダン
modern
現代的

ツアー
tour
旅遊

アート
art
藝術

レート
rate
匯率

ハード
hard
堅硬、辛苦

ムード
mood
心情

ポーズ
pose
暫停、擺姿勢

テーマ
（德）thema
主題

ウール
wool
羊毛

ルール
rule
規則

ローン
loan
貸款

同音異義 ↘ 01:36

カタカナ 相同，但是外來語原義有不同。

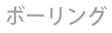

bowling 保齡球

boring 鑽孔

bus 公車

bath 浴室

ボール

ball 球

bowl 碗

コート

coat 外套

court 球場

グランド

ground　運動場

grand　大型的

ハンガー

hanger　衣架

hunger　飢餓

グローブ

globe　地球儀、全球的

glove　手套

ホース

horse　馬

hose　水管

ホーム

home 　家

platform 月台

ライト

light 　光線，燈

right 　右側

ライター

lighter 　打火機

writer 　作者，作家

ナイト

night 　夜晚

knight 　騎士

パン

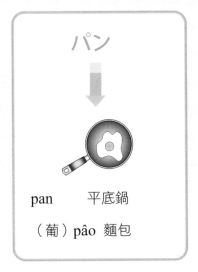

pan　　平底鍋

（葡）pâo　麵包

ステップ

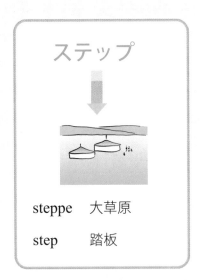

steppe　大草原

step　　踏板

サンデー

sundae　聖代冰淇淋

Sunday　星期日

トラック

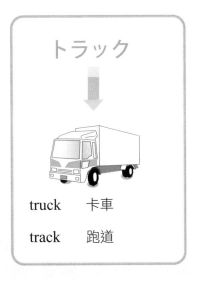

truck　　卡車

track　　跑道

和製英語（和式外來語） **2-5**

アフターサービス

after+service

售後服務

バックミラー

back+mirror

後照鏡

ビーチパラソル

beach+parasol

沙灘遮陽傘

ベースアップ

base+up

提高工資

ベッドタウン

bed+town

衛星城市

キャッチボール

catch+ball

接投球練習

チアガール

cheer+girl

女子啦啦隊

イージー

easy

簡單

エレキギター

electric+guitar

電子吉他

ゲートボール

gate+ball

門球

ゴールイン

goal+in

結婚/抵達終點

ゴールデンアワー

golden+hour

黃金時段

ゴムテープ

（荷）gom+tape

膠帶

ハーフメード

half+made

半成品

アイスキャンデー

ice+candy

冰棒

ジェットコースター

jet+coaster

雲霄飛車

キーポイント

key+point

關鍵重點

マイホーム

my+home

自宅

マザコン

mother+complex

戀母情結

ノーカウント

no+count

不計分

ノータッチ

no+touch

不干涉/未觸球

ノンセクト

non+sect

無黨派

ワンタッチ

one+touch

自動式

ワンパターン

one+pattern

一種模式

ワンマン

one+man

一個人、獨裁者

オーダーメード

order+made

訂做服裝

オールドミス

old+miss

老處女

プラスアルファ

plus+(德)alpha

附加、多多少少

リヤカー

rear+car

兩輪拖車

シーズンオフ

season+off

淡季、過時

シルバーシート
silver+seat

博愛座

スキンシップ
skin+ship

肌膚之親

スタートライン
start+line

起跑線

スリーサイズ
three+size

三圍

ゴールデン・ウィーク
golden+week

黃金週

ポケベル
pocket+bell

呼叫器

ラジカセ
radio+cassette

卡式錄音機

ハッピー・エンド
happy+end

幸福結局

世界主要國家地區使用語言

Hindi	ヒンディー語	**印地語**
Hungarian	ハンガリー語	匈牙利語
Hausa	ハウサ語	豪薩語
Hebrew	ヘブライ語	希伯來語
Ilocano	イロカノ語	伊洛卡諾語
Indonesian	インドネシア語	印尼語
Icelandic	アイスランド語	冰島語
Italian	イタリア語	義大利語
Irish	アイルランド語	愛爾蘭語
Ibo	イボ語	伊布語
Javanese	ジャワ語	爪哇語
Kannada	カナラ語	康納達語
Kashmiri	カシミール語	喀什米爾語
Kazakh	カザフ語	哈薩克語
Khalkha Mongolian	モンゴル語	蒙古語
Khmer	クメール語	高棉語
Kurdish	クルド語	庫德語
Kirghiz	キルギス語	吉爾吉斯語
Kikuyu	キクユ語	基庫尤語
Kikongo	キコンゴ語	剛果語
Lao	ラオス語	寮國語
Latvian	ラトビア語	拉脫維亞語
Lithuanian	リトアニア語	立陶宛語
Luxembourgian	ルクセンブルク語	盧森堡語
Malay	マレー語	馬來語
Malayalam	マラヤーラム語	馬來亞拉姆語
Marathi	マラーティー語	馬拉地語

詞句應用篇

 **ア**

2-6

アイディア (idea)	主意、構想
―が 浮かぶ	構思浮現
―を 盗む	竊取構想

アクシデント (accident)	意外事故
―が 起きる	發生意外
―に 巻き込まれる	捲入意外
―を 防ぐ	避免意外

アピール (appeal)	呼籲、有吸引力
―が 足りない	吸引力不夠
―を する	吸引注意力

アプローチ (approach)	接近、探索
—が 長い	到達目的的路程長
—に 失敗する	企圖失敗
—を かける	靠近

イベント (event)	偶發事件、比賽
—が 行なわれる	舉辦活動
—に 参加する	參加活動
—を 盛り上げる	活動熱烈

イメージ (image)	印象
—が 膨らむ	印象擴大
—に 影響する	影響印象
—を 描く	描繪印象

オピニオン (opinion)	意見
－が 割_われる	意見分歧
－に 従_{したが}う	順從意見
－を リードする	引領意見

2-6 02:09

ガード (guard)	警衛、後衛
－が 堅_{かた}い	警戒強
－に すきがある	防衛有漏洞
－を 固_{かた}める	警備森嚴

キャリア (career)　　　履歴、職業

－が　豊富(ほうふ)だ	資歷豐富
－に　ふさわしい	資歷實至名歸
－を　誇(ほこ)る	自豪資歷

キャンペーン (campaign)　　　宣傳活動

－が　盛(さか)んだ	活動頻繁
－に　協力(きょうりょく)する	賛助活動
－を　張(は)る	推廣活動

グレード (grade)	等級
－が　上^あがる	等級提升
－に　見^み合^あう	配合等級
－を　上^あげる	提高等級

ケアー (care)	關懷、照顧
－が　しっかりしている	服務周到
－に　励^{はげ}む	致力照顧
－を　する	照顧

コスト (cost) | 成本

─が	高<ruby>高<rt>たか</rt></ruby>い	成本高
─に	見合<ruby>見<rt>み</rt></ruby><ruby>合<rt>あ</rt></ruby>う	配合成本
─を	下<ruby>下<rt>さ</rt></ruby>げる	降低成本

コネ (connection) | 關係

─が	ある	有關係
─に	頼<ruby>頼<rt>たよ</rt></ruby>る	依靠關係
─を	つける	連帶關係

コンセプト (concept) | 概念

─が	明確<ruby>明確<rt>めいかく</rt></ruby>だ	概念明確
─に	共感<ruby>共感<rt>きょうかん</rt></ruby>する	有共識
─を	与<ruby>与<rt>あた</rt></ruby>える	激起共識

コンタクト (contact)	接觸、交渉
ーが　ない	音訊中斷
ーに　成功する	交渉成功
ーを　図る	企圖交渉

2-6 04:24

サービス (service)	服務、贈品
ーが　いい	服務好
ーに　満足する	對服務滿意
ーを　受ける	接受贈品

サイズ (size)	大小
ーが　ある	有尺寸
ーに　合わない	尺寸不合
ーを　調べる	調查尺寸

サポート (support)	支援
ーが 早^{はや}い	支援快
ーに 行^いく	前往支援
ーを 受^うける	接受支援

シェア (share)	分享、市場佔有率
ーが 拡大^{かくだい}する	市佔率擴大
ーに 食^くい込^こむ	侵吞市佔率
ーを 失^{うしな}う	失去市佔率

音節快速記憶 2-8 02:12~02:49

マジック	ラケット	セカンド	アバウト
magic	racket	second	about
奇異筆、魔術	球拍	第二、二壘	大約

スクープ (scoop)	特訊、獨家新聞
―が 多^{おお}い	獨家新聞多
―に 驚^{おどろ}く	驚於獨家新聞
―を とる	採訪獨家新聞

ステータス (status)	身份、地位
―が 上^あがる	地位提昇
―に こだわる	礙於身份
―を 気^きにする	在乎身份

スペース (space)	空間、場地
―が 無^ない	沒空間
―に 限^{かぎ}りがある	空間有限
―を とる	佔據空間

ソース (source)	來源
－が 明^{あき}らかになる	來源清楚
－に 当^あたる	針對消息來源
－を 隠^{かく}す	隱瞞消息來源

2-6 06:17

ターゲット (target)	目標
－が 変^かわる	目標改變
－に 逃^にげられる	錯失目標
－を しぼる	鎖定目標

タイミング (timing)	**時機**
ー が 悪^{わる}い	時機不對
ー に 注意^{ちゅうい}する	留意時機
ー を 合^あわせる	配合時機

タッチ (touch)	**感受、筆觸**
ー が 重^{おも}い	強調、筆觸重
ー に 注目^{ちゅうもく}する	注意筆觸
ー を 変^かえる	改變筆觸

ダメージ (damage)	**損害**
ー が 大^{おお}きい	損害大
ー に 泣^なく	心疼受損
ー を 受^うける	遭受損失

チェック (check) 　　　　檢查

―が	厳しい	檢查嚴格
―に	手間取る	檢查費時費力
―を	通り抜ける	通過檢查

チャンス (chance) 　　　　機會、契機

―が	めぐる	機會到來
―に	恵まれる	天賜良機
―を	掴む	把握機會

ミックス	ドライブ	カップル	キャンセル
mix	drive	Couple	cancel
混合	兜風	情侶、夫婦	取銷

アイドル	インフレ	ナプキン	ヒロイン
idle	inflation	napkin	heroine
偶像	通貨膨漲	餐巾、衛生棉	女英雄、女主角

2-6 07:44

データ (data)	資料、數據
―が 不十分だ	資料不全
―に 振り回される	陷入資料中
―を 入力する	輸入資料

テーマ (theme)	主題
―が 決まる	決定主題
―に 関係する	有關主題
―を 発表する	發表主題

テクニック (technic)	技術、技巧
―が 自慢だ	自豪技術
―に 溺れる	過於著重技巧
―を 披露する	展露技巧

デザイン (design)	設計
—が 新<small>あたら</small>しい	設計新穎
—に 影響<small>えいきょう</small>を与<small>あた</small>える	影響設計
—を 工夫<small>くふう</small>する	仔細設計

トータル (total)	全體的、總額
—が はじき出<small>だ</small>される	算出總額
—に 見<small>み</small>る	整體評價
—を 出<small>だ</small>す	算出全額

ドキュメント (document)	文件、記錄
—が 仕上<small>し あ</small>がる	完成記錄
—に 追加<small>つい か</small>する	追加在文件上
—を 製作<small>せいさく</small>する	製作記錄

トピック (topic)	話題
—が 注目(ちゅうもく)される	話題受注目
—に なる	成為話題
—を 分析(ぶんせき)する	分析話題

トラブル (trouble)	麻煩、問題
—が 頻発(ひんぱつ)する	麻煩不斷
—に 巻(ま)き込(こ)まれる	捲入麻煩
—を 起(お)こす	發生麻煩

トレンド (trend)	趨勢、潮流
—が 変(か)わる	趨勢改變
—に 流(なが)される	順著趨勢
—を 追(お)う	追逐潮流

ニーズ (needs)	需求
―が　多様化する	需求多様
―に　応える	配合需求
―を　調べる	調査需求

ノウハウ (know-how)	専業知識、秘訣
―が　豊富である	専業知識豊富
―に　期待する	期待専業資訊
―を　活用する	活用専業知識

ノルマ (俄 norma)	規範、定額
―が 厳(きび)しい	規範嚴格
―に 追(お)われる	被定額工作所驅使
―を 達成(たっせい)する	達成定額工作

　2-7　01:00

パターン (pattern)	模式
―が 崩(くず)れる	模式崩解
―に とらわれる	限於模式
―を 決(き)める	決定形態

パニック (panic)	恐慌、混亂
―が 起(お)こる	發生恐慌
―に 陥(おちい)る	陷入恐慌
―を 防(ふせ)ぐ	避免混亂

バラエティー (variety)	變化、種類
―が ある	有變化
―に 富<ruby>富<rt>と</rt></ruby>む	富於變化
―を <ruby>楽<rt>たの</rt></ruby>しむ	樂於變化

ビジョン (vision)	遠景、視野
―が <ruby>明確<rt>めいかく</rt></ruby>だ	遠景明確
―に <ruby>欠<rt>か</rt></ruby>ける	欠缺遠景
―を <ruby>持<rt>も</rt></ruby>つ	擁有遠景

ピンチ (pinch)	危機、困境
―が <ruby>訪<rt>おとず</rt></ruby>れる	面臨危機
―に <ruby>立<rt>た</rt></ruby>たされる	處在困境中
―を <ruby>脱出<rt>だっしゅつ</rt></ruby>する	突破困境

フォーム (form)	形式、姿勢
—が 良くない	姿勢不好
—に こだわる	礙於姿勢
—を 改造する	修改方式

フォロー (follow)	尾隨、理解、附和
—が 無い	不理解
—に 行く	一路隨行
—を する	附和

ブレーン (brain)	頭腦、智囊團
—が 集まる	匯集智囊團
—に 任せる	憑藉智囊團
—を 擁する	擁有智慧

プレッシャー (pressure) | 壓力

―が　かかる	承受壓力
―に　押しつぶされる	被壓力壓垮
―を　はねのける	除去壓力

プロジェクト (project) | 計劃

―が　成功する	計劃成功
―に　取り組む	進行計劃
―を　立ち上げる	完成計劃

プロセス (process) | 過程

―が　複雑だ	過程複雜
―に　こだわる	拘泥於過程
―を　重視する	重視過程

ペア (pair)	成雙、搭檔
—が 揃^{そろ}う	搭檔到齊
—に なる	成為搭檔
—を 組^くむ	組成搭檔

ベース (base)	基礎
—が しっかりしている	基礎穩固
—に 戻^{もど}る	回到基本點
—を 踏^ふむ	踏穩基礎

ペース (pace)	步調、進度
—が 崩^{くず}れる	步調紊亂
—に はまる	配合步調
—を 落^おとす	減緩步調

ポイント (point)	重點、要點
—が 外<small>はず</small>れる	偏離重點
—に 気<small>き</small>づく	留意要點
—を 整理<small>せい り</small>する	整理重點

ボリューム (volume)	音量、容積
—が 多<small>おお</small>い	份量多
—に 欠<small>か</small>ける	份量不夠
—を 調<small>ちょうせつ</small>節する	調整音量

2-7 04:50

マーク (mark)	目標、分數、標識
―が　きつい	盯得緊
―に　従^{したが}う	跟隨記號
―を　外^{はず}す	除去標籤

マイペース (my pace)	以自己的速度進行工作
―が　良^よい	能以自己的速度進行
―に　こだわる	我行我素
―を　貫^{つらぬ}く	一向我行我素

 2-8 02:51~03:22

エンジン	クッション	ウエート	
engine	cushion	weight	
引擎	坐墊	體重	

デザート	リゾート	ステージ	ホイール
dessert	resort	stage	wheel
甜點	觀光景點	舞台、階段	車輪

ミス (miss)	失誤
—が 多^{おお}い	失誤多
—に つけこむ	利用（對手的）失誤
—を 誘^{さそ}う	引誘犯錯

ムード (mood)	氣氛、樣式
—が 高^{たか}まる	氣氛高漲
—に 引^ひき込^こまれる	進入氣圍裡
—を 盛^もり上^あげる	炒熱氣氛

モーテル	フィーバー	ヘルシー	シーズン
motel	fever	healthy	season
汽車旅館	狂熱	健康的	季節

メディア (media)	媒介、媒體
―が 発達する	媒體發達
―に 翻弄される	玩弄媒體
―を 利用する	利用媒體

メリット (merit)	優點、特徵
―が 大きい	助益大
―に なる	成為優點
―を もたらす	引出優點帶來益處

音節快速記憶 2-8　02:12~02:49

パイオニア	ストライキ	エキサイト	メッセージ
pioneer	strike	excite	message
先驅	罷工	興奮	信息

モニター (monitor)	監視（聽）器、定期報告員
—が 故障_{こしょう}する	監聽器故障
—に 映_{うつ}る	呈現在監視器上
—を 頼_{たの}む	拜託定期報告員

2-1 06:41

ユーザー (user)	使用者
—が ふえる	使用者增加
—に そっぽを向_むかれる	使用者流失
—を 獲得_{かくとく}する	得到使用者

ポータブル	ミステリー	キャンペーン
portable	mystery	campaign
手提式的	推理小說	宣傳活動

リアリティー (reality)	現實、真實性
—が　ある	有真實性
—に　欠ける	欠缺真實性
—を　持たせる	擁有真實性

リード (lead)	領導、領先
—が　うまい	擅長領導
—に　任せる	委任領導
—を　保つ	保持領先

ルーツ (roots)	根源、祖先
—が　分^わかる	知道根源
—に　迫^{せま}る	探究根源
—を　辿^{たど}る	追溯根源

ロス (loss)	喪失、虧損
—が　大^{おお}きい	虧損大
—に　つながる	連帶虧損
—を　見^{みこ}込む	估算虧損

アイディア (idea)　主意、構想

－が　浮_うかぶ

－を　盗_{ぬす}む

トイレに入_{はい}っているときに、ふとアイデアが浮_うかんだ。

上廁所時突然有了主意。

アイデアを盗_{ぬす}むというだけでは著作権侵害_{ちょさくけんしんがい}とは言_いい切_きれない。

只是竊取構想很難說就是侵犯著作權。

アクシデント (accident) 意外事故

－が　起_おきる

－に　巻_まき込_こまれる

－を　防_{ふせ}ぐ

アクシデントが起_おきて、競技_{きょうぎ}が中止_{ちゅうし}された。

發生了意外，比賽中止。

思いがけないアクシデントに巻き込まれた。
被捲入未曾料到的意外中。

アクシデントを防ぐために、様々な対策がとられている。
為了防止意外，採取各種的對策。

アピール (appeal)　呼籲、有吸引力

－が　足りない

－を　する

認めてもらうにはまだアピールが足りない。
要達到被認可的地步還需要更有吸引力。

オリンピック開催地誘致に向けたアピールをする。
進行招攬前往奧林匹克主辦地點的宣傳。

アプローチ (approach) 接近、探索

－が　長い

－に　失敗する

－を　かける

今回の登山では目的の山に到達するまでのアプローチが長い。

此次登山活動，要走很長的路，才能到達目的地的山頭。

Ａ企業を買収するアプローチに失敗した。

嘗試要收買 A 企業的努力失敗了。

好きな女の子にアプローチをかける。

嘗試接近所喜愛的女子。

イベント (event)　偶發事件、比賽

—が　行なわれる

—に　参加する

—を　盛り上げる

台北ドームでイベントが行なわれる。

在台北巨蛋舉辦活動。

週末のイベントに参加する。

參加週末的活動。

タレントの参加でイベントを盛り上げる。
由於藝人的參加使得活動熱鬧起來。

イメージ (image) 印象

―が 膨らむ

―に 影響する

―を 描く

多くの資料を読んで、論文のイメージがより膨らんだ。
讀了許多資料，論文的印象更加膨脹。

彼が起こした事件は彼の持つ爽やかなイメージに影響する。
他所引起的事件，影響他一向給人的清新印象。

文章だけでイメージを描くのは難しい。
只憑文章很難描寫印象。

オピニオン (opinion) 意見

－が　割れる

－に　従う

－を　リードする

利害が絡んで、オピニオンが割れる。
關係到利害，意見分歧。

パブリック・オピニオンに従う。
遵循大眾的意見。

彼が業界のオピニオンをリードする。
他引領業界的意見。

ガード (guard)　警衛、後衛

－が　堅い

－に　すきがある

－を　固める

彼女は男性に対してガードが堅い。
她對男性的戒心強。

情報漏れについては、ガードに隙があったとしか言いようがない。關於情報洩露，只能說是警備有縫隙。

問題の会社はマスコミに対しガードを固めている。
有問題的社會對大眾媒體的防衛堅固。

キャリア (career)　履歴、職業

－が　豊富だ

－に　ふさわしい

－を　誇る

彼ならキャリアが豊富だからこの仕事をうまくやるだろう。
如果是他經驗豐富，事情一定辦得好吧。

彼の送ってきたキャリアにふさわしい賞が贈られた。
他向來的學歷經驗獲得了實至名歸的獎賞。

一流大卒、エリート官僚のキャリアを誇ってきた彼が汚職で逮捕された。
自豪一流大學畢業，菁英官僚的他，卻因貪污被逮補。

キャンペーン (campaign)　宣傳活動

－が　盛んだ

－に　協力する

－を　張る

選挙が近くなるとテレビを使った選挙キャンペーンが盛んだ。一到選舉期間，利用電視的競選活動就興盛。

資金を提供して、キャンペーンに協力する。
提供資金，贊助活動。

会社が力を入れている新人歌手なので、全国的にキャンペーンを張っている。
因為是公司全力支持的新人歌手，開展全國性的活動。

グレード (grade)　等級

－が　上がる

－に　見合う

－を　上げる

彼のパソコンは最新でグレードが高い。

他的電腦是最新型等級又高。

グレードに見合った値段をつける。

配合等級，制定價格。

新しく買う車は、そのグレードを上げることにした。

新買的車決定提高等級。

ケアー (care)　關懷、照顧

－が　しっかりしている

－に　励む

－を　する

この会社は、製品のアフターケアがしっかりしている。

這家公司製造品的售後服務做得很好。

時間をかけて、怪我のケアに励む。

花時間留心傷口的照顧。

ボランティアで一人暮らしの老人のケアをする。

當義工照顧獨居的老人。

コスト (cost)　成本

ー が　高い

ー に　見合う

ー を　下げる

会議で製品のコストが高いことが議題になった。

製造品的高成本在會議中成為議題。

コストに見合った価格設定をしなければならない。

必須配合成本，制定價格。

コストを下げることは経営の永遠の課題だ。

降低成本是經營上永遠的課題。

コネ (connection)　關係

ー が　ある

ー に　頼_{たよ}る

ー を　つける

彼_{かれ}は海外_{かいがい}の多数_{たすう}の要人_{ようじん}とコネクションがある。

他和海外許多要人建立關係。

彼_{かれ}はコネクションに頼_{たよ}って就職_{しゅうしょく}した。

他依靠關係找到工作。

何_{なん}とか有名人_{ゆうめいじん}とコネクションをつけた。

和某個名人扯上關係。

コンセプト (concept)　概念

ー が　明確_{めいかく}だ

ー に　共感_{きょうかん}する

ー を　与_{あた}える

このCMはコンセプトが明確_{めいかく}で分_わかりやすい。

這支廣告觀念明確容易明白。

コンセプトに共感した消費者が多い。

和這觀念起共鳴的消費者有很多。

斬新なコンセプトを与えなければ、この広告の力は弱いま

まだ。若是沒有嶄新的概念，這個廣告的力量還是薄弱。

コンタクト (contact)　接觸、交涉

－が　ない

－に　成功する

－を　図る

去年の同窓会以来、彼とはコンタクトがない。

自從去年的同學會之後，和他就沒有了連絡。

政界にコネクションを持つ人物を通じて総理大臣にコンタ

クトを図る。想要透過和政界有關係的人士連絡上總理大臣。

宇宙人とコンタクトに成功する。

想要和外星人接觸。

サ

サービス (service)　服務、贈品

ー が　いい

ー に　満足_{まんぞく}する

ー を　受_うける

この店_{みせ}はサービスがいい。
這家店的服務很好。

ホテルの十分_{じゅうぶん}なサービスに満足_{まんぞく}する。
滿意旅館的充分服務。

思_{おも}いがけない素晴_{すば}らしいサービスを受_うけた。
受到料想不到的美好服務。

サイズ (size)　大小

ー が　ある

ー に　合_あわない

ー を　調_{しら}べる

あの店ならもっと大きいサイズの服がある。

若是那一家店，就有大尺寸的衣服。

この靴は私の足のサイズに合わない。

這雙鞋不合我的尺寸。

ワイシャツの襟のサイズを調べる。

查看襯衫領子的大小。

サポート (support) 支援、支持

－が　早い

－に　行く

－を　受ける

要請を受けてからのサポートが早い。

接受請求當下就去支援。

急いで仲間のサポートに行く。

趕忙去幫忙同伴。

パソコンのユーザーサポートを受けた。

獲得電腦使用者的支持。

シェア (share) 分享、市場占有率

－が　拡大する

－に　食い込む

－を　失う

我が社の北アメリカでのシェアが拡大した。
我們公司在北美的市場佔有率擴大了。

新製品の発売で、業界トップのシェアに食い込んだ。
隨著新產品的推出，我們的市場佔有率已躋身業界前面。

状況判断を誤り、シェアを失った。
錯誤判斷狀況，失去了市場佔有率。

スクープ (scoop) 特訊、獨家新聞

―が 多い

―に 驚く

―を とる

あの新聞はどういうわけかスクープが多い。
那件新聞不知為何獨家報導很多。

テレビニュースで放送されたスクープに驚く。
驚訝於電視新聞所播放的獨家新聞。

友人の記者はスクープをとるために、夜も昼も駆け回って
いる。記者朋友為了取材，不論早或晚到處奔跑。

ステータス (status) 身份、地位

－が 上がる

－に こだわる

－を 気にする

彼は収入が上がれば自分のステータスが上がると思ってい
る。 他認為收入如果提高，自己的地位也就上昇。

彼女は付き合う男性の社会的ステータスにこだわる。
她在乎所交往男性的社會地位。

40歳を過ぎて、彼は自分のステータスを気にするように

なった。過了40歲，他就變得在乎自己的身份地位。

スペース (space)　空間、場地

ー が　無い

ー に　限りがある

ー を　とる

机を買いたいが、部屋にそれを置くスペースがない。
雖然想買張桌子，房間裡卻沒有空位可放。

靴を集めているが、今の部屋ではスペースに限りがある。
雖然在收集鞋子，但是現在房間的空間有限。

この家具は大きすぎてスペースをとる。
這個傢俱太大佔空間。

ソース (source)　來源

－が　明^{あき}らかになる

－に　当^あたる

－を　隠^{かく}す

スクープ情^{じょうほう}報のソースが明^{あき}らかになる。

獨家新聞的情報來源清楚了。

彼^{かれ}の話^{はなし}を聞^きいてもよく分^わからないので、直接^{ちょくせつ}ソースに当^あた る事^{こと}にした。

即使聽他説也不明白，所以就直接接觸消息來源。

情^{じょうほう}報ソースを隠^{かく}すのは取材者^{しゅざいしゃ}として当然^{とうぜん}だ。

隱瞞情報來源，對採訪者是理所當然的。

ターゲット (target)　　目標

－が　変わる

－に　逃げられる

－を　しぼる

営業政策の変更により、販売ターゲットが変わった。
因著營業策略的改變，改變了銷售的目標。

もう少しで捕まえられる所だったのにターゲットに逃げられた。儘管是差一點就抓到，卻讓目標物逃走了。

より効率が良くなるようにターゲットとなる消費者を絞った。為了要效率更好，鎖定目標的消費者。

タイミング (timing)　時機

－が　悪い

－に　注意する

－を　合わせる

こんな所で学校の先生に会うなんて、タイミングが悪い。
在這種地方遇見老師，真是時機不對。

小遣いの値上げを要求するときは、そのタイミングに注意したほうがいい。

要求增加零用錢的時候，注意一下時機比較好。

あの選手は変化球にタイミングを合わせるのがうまい。

那位選手擅長把握變化球的時間點。

タッチ (touch) 感受、筆觸

ー が　重い

ー に　注目する

ー を　変える

この絵は筆のタッチが重い。

這幅畫的筆觸重。

画家のタッチに注目するのも絵画鑑賞の方法の一つだ。

留意畫家的筆觸也是鑑賞繪畫的方法之一。

思い切ってこれまでの作品とタッチを変えて書いてみた。

下決心改變作品一向的筆觸寫寫看。

ダメージ (damage) 損害

－が 大_{おお}きい

－に 泣_なく

－を 受_うける

戦争_{せんそう}による経済_{けいざい}へのダメージが大_{おお}きく、復興_{ふっこう}まで時間_{じかん}がかかる。　戰爭帶來的經濟損失大，復甦要花很長時間。

多_{おお}くの農家_{のうか}が台風_{たいふう}で受_うけたダメージに泣_ないている。
許多農家傷心難過因為颱風而受的損害。

火災_{かさい}で工場_{こうじょう}が大_{おお}きなダメージを受_うけた。
因為火災工廠蒙受大損失。

チェック (check) 檢査

－が 厳_{きび}しい

－に 手間取_{てまど}る

－を 通_{とお}り抜_ぬける

テロ対策で空港のチェックが厳しい。

為了防範恐怖份子，機場的戒備森嚴。

持ち物のチェックに手間取る。

手提行李檢查需要花時間。

厳しいチェックを通り抜けて中へ入った。

通過嚴密的檢查進到裡面。

チャンス (chance)　機會、契機

−が　めぐる

−に　恵まれる

—を　掴む

やっとチャンスがめぐってきた。

終於有了機會。

彼は会社でチャンスに恵まれている。

他在公司裡碰到好機會。

しっかりとチャンスを掴む。

好好地把握機會。

データ (data)　　資料、數據

－が　不十分だ

－に　振り回される

－を　入力する

分析を行なうにはデータが不十分だ。

作為分析用的資料不充分。

データを重視しすぎて、データに振り回されている。

過於重視資料，反而被資料弄得團團轉。

パソコンに急いでデータを入力する。

趕忙著將資料輸進電腦裡。

テーマ (theme)　主題

－が　決まる

－に　関係する

－を　発表する

論文のテーマが決まる。

決定論文的題目。

レポートのテーマに関係する資料を集める。

收集和報告主題相關的資料。

それぞれ研究テーマを発表してください。

請發表個別的研究主題。

テクニック (technic)　　技術、技巧

－が　自慢だ

－に　溺れる

－を　披露する

彼は車のどんな故障でも直せるテクニックが自慢だ。

他對任何汽車的故障都會修理自豪。

小手先のテクニックに溺れて、本質を見誤る。

只陶醉在表面的技巧，卻錯看了本質。

手品師がその華麗なテクニックを披露する。

魔術師展露他絢麗的技巧。

デザイン (design)　設計

― が　新<ruby>新<rt>あたら</rt></ruby>しい

― に　<ruby>影<rt>えいきょう</rt></ruby><ruby>響<rt></rt></ruby>を<ruby>与<rt>あた</rt></ruby>える

― を　<ruby>工<rt>く</rt></ruby><ruby>夫<rt>ふう</rt></ruby>する

この<ruby>家<rt>いえ</rt></ruby>の<ruby>特徴<rt>とくちょう</rt></ruby>は、デザインが<ruby>新<rt>あたら</rt></ruby>しいことだ。
這棟屋子的特徵在於新穎的設計。

1950<ruby>年代<rt>ねんだい</rt></ruby>のデザインが、<ruby>現代<rt>げんだい</rt></ruby>のデザインに<ruby>影響<rt>えいきょう</rt></ruby>を<ruby>与<rt>あた</rt></ruby>えている

る。雖是 1950 年代的設計卻影響著現代的設計。

<ruby>誰<rt>だれ</rt></ruby>にでも<ruby>使<rt>つか</rt></ruby>いやすいようにデザインを<ruby>工夫<rt>くふう</rt></ruby>した。
琢磨出任何人都能方便使用的設計。

トータル (total)　全體的、總額

― が　はじき<ruby>出<rt>だ</rt></ruby>される

― に　<ruby>見<rt>み</rt></ruby>る

― を　<ruby>出<rt>だ</rt></ruby>す

長い時間をかけてトータルの数値がはじき出された。

花了長時間算出總數全額。

子どもの成績はトータルに見なければならない。

小孩子的成績必須整體評估。

請求する値段のトータルを出す。

算出請款價格的總數。

ドキュメント (document)　文件、紀錄

—が　仕上がる

—に　追加する

—を　製作する

一年かかって全てのドキュメントが完成した。

花了一整年完成紀錄。

新しい仕様書をドキュメントに追加する。

在資料中附帶新的規格明細單。

会議のドキュメントを製作する。

製作會議紀錄。

トピック (topic)　　話題

―が　注目される

―に　なる

―を　分析する

国内では貿易摩擦のトピックが注目されている。

貿易摩擦的話題在國內受矚目。

首脳会談では環境問題がトピックになった。

環境問題在首腦會議中成為話題。

国際的に話題になっているトピックを分析する。

分析國際性的話題。

トラブル (trouble)　　麻煩、問題

―が　頻発する

―に　巻き込まれる

―を　起こす

新しい工場ではトラブルが頻発している。

新工廠不斷發生問題。

警察では何らかのトラブルに巻き込まれたものとして捜査している。警察正在搜查其人是否被捲入什麼麻煩裡。

彼はいつも上司とトラブルを起こす。
他常和上司之間有糾紛。

トレンド (trend)　趨勢、潮流

—が　変わる

—に　流される

—を　追う

時代とともにトレンドが変わる。
隨著時代，潮流改變。

トレンドに流されて、主体性を失ってしまう。
順著潮流，失去主體性。

トレンドを追うと、社会の動きが見える。
跟隨趨勢看見社會的動向。

ニーズ (needs)　需求

－が　多様化<ruby>多<rt>た</rt></ruby><ruby>様<rt>よう</rt></ruby><ruby>化<rt>か</rt></ruby>する

－に　応<ruby>応<rt>こた</rt></ruby>える

—を　調<ruby>調<rt>しら</rt></ruby>べる

ニーズが多様化<ruby>多<rt>た</rt></ruby><ruby>様<rt>よう</rt></ruby><ruby>化<rt>か</rt></ruby>していて、ターゲットを絞<ruby>絞<rt>しぼ</rt></ruby>れない。

需求多樣化，目標難以鎖定。

シェアを拡大<ruby>拡<rt>かく</rt></ruby><ruby>大<rt>だい</rt></ruby>できたのは、消費者<ruby>消<rt>しょう</rt></ruby><ruby>費<rt>ひ</rt></ruby><ruby>者<rt>しゃ</rt></ruby>のニーズに応<ruby>応<rt>こた</rt></ruby>えることが

出来<ruby>出<rt>で</rt></ruby><ruby>来<rt>き</rt></ruby>たからだ。

市佔率之所以擴大，是因為能夠滿足消費者的需求。

消費者<ruby>消<rt>しょう</rt></ruby><ruby>費<rt>ひ</rt></ruby><ruby>者<rt>しゃ</rt></ruby>ニーズを調<ruby>調<rt>しら</rt></ruby>べて商品開発<ruby>商<rt>しょう</rt></ruby><ruby>品<rt>ひん</rt></ruby><ruby>開<rt>かい</rt></ruby><ruby>発<rt>はつ</rt></ruby>に反映<ruby>反<rt>はん</rt></ruby><ruby>映<rt>えい</rt></ruby>させる。

調查消費者的需求，反應在商品的開發上。

ノウハウ (know-how)　專業知識、秘訣

－が　豊富である

－に　期待する

－を　活用する

この会社は新薬開発のノウハウが豊富だ。
這家公司開發新藥的專業知識豐富。

業務提携によって新たに得られるノウハウに期待する。
期待因著業務的合作會有新的專業知識。

以前の仕事で得たノウハウを活用する。
活用先前工作中所學得的專業知識。

ノルマ (俄 norma)　規範、定額

－が　厳しい

－に　追われる

－を　達成する

この会社の営業はノルマが厳しい。
這家公司的營業規則嚴格。

仕事のノルマに追われる毎日だ。
每天被定量工作所驅使。

今月はもうノルマを達成した。

這個月已經達成定額的工作。

パターン (pattern)　模式

―が　崩れる

―に　とらわれる

―を　決める

徹夜が続いて、生活パターンが崩れてしまった。

不斷地熬夜，生活習慣方式瓦解。

決まったパターンにとらわれて、新しい発想がでてこない。

被既定的模式所限制，想不出新的點子。

デザイナーが三日かかって新しいパターンを決めた。

設計花了三天決定新形態。

パニック (panic) 恐慌、混亂

—が　起こる

—に　陥る

—を　防ぐ

映画館で火事が発生し、パニックが起こった。
電影院發生火警引起恐慌。

夜、地震と停電が同時に起き、パニックに陥った。
夜裡停電和地震同時發生，陷入恐慌。

パニックを防ぐために防災訓練を繰り返す。
為了避免混亂，反覆防災訓練。

バラエティー (variety) 變化、種類

—が　ある

—に　富む

—を　楽しむ

今日の食事はバラエティーがある。
今天的餐點花樣多。

バラエティーに富む内容で見る人を飽きさせない。

變化豐富使人百看不厭。

色とりどりのバラエティーを楽しむ。

樂於各式各樣的變化。

ビジョン (vision) 遠景、視野

ーが 明確だ

ーに 欠ける

ーを 持つ

経営陣の会社運営のビジョンが明確だ。

經營團隊的公司營運遠景明確。

この企画案はビジョンに欠ける。

這份企劃案欠缺遠景。

リーダーは将来のビジョンを持つことが必要だ。

領袖必須要有未來的遠景。

ピンチ (pinch)　危機、困境

—が　訪_{おとず}れる

—に　立_たたされる

—を　脱出_{だっしゅつ}する

二死満塁_{に　し まんるい}で、ピンチが訪_{おとず}れた。

2 人出局滿壘，困境來臨。

資金_{し きん}がなくなり、経営_{けいえい}がピンチに立_たたされた。

沒有資金，經營處在困境中。

打者_{だ しゃ}を打_うち取_とり、二死満塁_{に し まんるい}のピンチを脱出_{だっしゅつ}した。

打敗打擊者，脫離 2 人出局滿壘的困境。

フォーム (form)　形式、姿勢

—が　良_よくない

—に　こだわる

—を　改造_{かいぞう}する

フォームが良くないと、上手にならない。

姿勢不好的話，就無法進步

一流の選手ほど自分のフォームにこだわる。

像一流選手一般，在乎自己的姿勢。

不振なので、打撃フォームを改造することにした。

表現不佳，所以決定改變打擊的方式。

フォロー (follow) 　尾隨、理解、附和

ー が　無い

ー に　行く

ー を　する

失敗しても何もフォローがなかった。

即使失敗也不會有人理解。

念のために、後輩の仕事のフォローに行く。

為了放心，一路看著後輩的工作。

あわてて上司の失言のフォローをする。

急急忙忙為上司的失言圓場。

ブレーン (brain)　頭腦、智囊團

—が　集<ruby>集<rt>あつ</rt></ruby>まる

—に　<ruby>任<rt>まか</rt></ruby>せる

—を　<ruby>擁<rt>よう</rt></ruby>する

<ruby>優秀<rt>ゆうしゅう</rt></ruby>なブレーンが<ruby>集<rt>あつ</rt></ruby>まる。

匯集優秀的頭腦智慧。

<ruby>問題<rt>もんだい</rt></ruby>の<ruby>解決<rt>かいけつ</rt></ruby>はブレーンに<ruby>任<rt>まか</rt></ruby>せる<ruby>事<rt>こと</rt></ruby>にした。

問題的解決決定交給智囊團。

<ruby>彼<rt>かれ</rt></ruby>は<ruby>優秀<rt>ゆうしゅう</rt></ruby>なブレーンを<ruby>擁<rt>よう</rt></ruby>する<ruby>政治家<rt>せいじか</rt></ruby>だ。

他是擁有優秀頭腦的政治家。

プレッシャー (pressure)　壓力

—が　かかる

—に　<ruby>押<rt>お</rt></ruby>しつぶされる

—を　はねのける

<ruby>仕事<rt>しごと</rt></ruby>の<ruby>締<rt>し</rt></ruby>め<ruby>切<rt>き</rt></ruby>りが<ruby>早<rt>はや</rt></ruby>まり、プレッシャーがかかる。

工作的截止時間短，覺得有壓力。

周囲からのプレッシャーに押しつぶされる。

被周圍而來的壓力壓垮。

プレッシャーをはねのけて優勝した。

推開壓力得勝了。

プロジェクト (project)　計劃

—が　成功する

—に　取り組む

—を　立ち上げる

初めて手がけたプロジェクトが成功した。

初次經手的計劃成功了。

全社を挙げて新プロジェクトに取り組む。

公司全體投入新的計劃。

一人でプロジェクトを立ち上げた。

獨自一人完成計劃。

プロセス (process) 過程

―が 複雑_{ふくざつ}だ

―に こだわる

―を 重視_{じゅうし}する

終了_{しゅうりょう}までのプロセスが複雑_{ふくざつ}だ。

結束前的過程複雜。

プロセスにこだわり、いい結果_{けっか}が出_だせなかった。

礙於過程，沒有得到好的結果。

結果_{けっか}よりプロセスを重視_{じゅうし}する。

重視過程過於結果。

世界主要國家地區使用語言

Macedonian	マケドニア語	馬其頓語
Maltese	マルタ語	馬爾他語
Marshallese	マーシャル諸島言語	馬紹爾語
Malagasy	マダガスカル語	馬爾加什語
Malinke (Mandingo)	マリンケ語	馬林克語
Nepali	ネパール語	尼泊爾語
Norwegian	ノルウェー語	挪威語

ペア (pair)　成雙、搭檔

―が　揃う

―に　なる

―を　組む

テニス大会に出場するペアが揃った。
參加網球大賽的搭擋到齊

ダンスパーティーで好きな男の子と偶然ペアになる。
在舞會中和喜歡的男子偶然配成搭擋

人が余ったので、仕方なく男同士でダンスのペアを組んだ。
因為人數多出，只好男士們組成搭擋。

ベース (base)　基礎

―が　しっかりしている

―に　戻る

―を　踏む

ベースがしっかりしているので応用が利く。

基礎穩固，所以好應用。

牽制球を投げてきたのであわててベースに戻った。

被投了牽制球，急忙跑回壘包。

しっかりとベースを踏む

踏穩基礎

ペース (pace)　歩調、進度

ーが　崩れる

ーに　はまる

ーを　落とす

電話の応対に追われて、仕事のペースが乱れてしまった。

忙著應付電話，工作的步調都亂了。

完全に相手のペースにはまってしまった。

完全被對手的步調所牽制。

全力で走って疲れたので、少しペースを落として走る。

盡全力跑步累了，所以稍微放慢腳步。

ポ

ポイント (point)　重點、要點

－が　外_{はず}れる

－に　気_きづく

－を　整理_{せいり}する

彼_{かれ}はポイントが外_{はず}れた指摘_{してき}をした。

他指摘事情脫離了重點。

隠_{かく}されていたポイントに気_きづく。

留意到隱藏的重點。

問題_{もんだい}のポイントを整理_{せいり}する。

整理問題的重點。

Pilipino	ピリピノ語	菲律賓語
Punjabi	パンジャブ語	彭加語
Pushtu	パシュト語	帕圖語
Polish	ポーランド語	波蘭語
Portuguese	ポルトガル語	葡萄牙語
Persian	ペルシャ語	波斯語
Quechua	ケチュア語	印加語

ボリューム (volume)　體積、份量

—が　多い

—に　欠ける

—を　調節する

学生食堂の食事は安くてボリュームが多い。

學生餐廳的餐飲便宜、份量又多。

このレストランの食事はボリュームに欠ける。

這家餐廳餐飲份量很少。

夜なのでステレオのボリュームを調節する。

因為是晚上，所以調整音響的音量。

マーク (mark)　目標、分數、標識

—が　きつい

—に　従う

—を　外す

容疑者への警察のマークがきつくなっている。

警察對嫌疑犯盯得很緊

壁に貼ってあるマークに従って移動する。

順延著牆上貼的標示移動。

商品に付けられていたマークを外す。

將貼在商品上的標籤除去。

マイペース (my pace)　以自己的速度進行工作

—が　良い

—に　こだわる

—を　貫く

無理せずマイペースが良い。

不要勉強，以自己的速度進行。

彼はマイペースにこだわった仕事振りで有名だ。

他工作是以我行我素的樣子有名。

誰に何を言われてもマイペースを貫く。

無論有人説什麼仍然是我行我素。

ミス (miss)　失誤

—が　多^{おお}い

—に　つけこむ

—を　誘^{さそ}う

田中^{たなか}さんは最近^{さいきん}仕事^{しごと}でミスが多^{おお}い。

田中先生最近工作上的失誤很多。

相手^{あいて}のミスにつけこんで勝利^{しょうり}を収^{おさ}める。

趁著對方失誤，獲得成功。

相手^{あいて}チームのミスを誘^{さそ}う動^{うご}きで試合^{しあい}を有利^{ゆうり}にした。

藉著引誘對手隊伍犯錯，讓比賽得利。

ムード (mood)　氣氛、樣式

―が　高まる

―に　引き込まれる

―を　盛り上げる

町はお祭りムードが高まってきている。

街上節慶的氣氛正熱鬧著。

店に入ると、たちまち怪しいムードに引き込まれた。

一進入店裡，馬上察覺奇怪的氣氛。

チアリーダーたちが応援のムードを盛り上げる。

啦啦隊使得加油的氣氛加溫。

メディア (media)　媒介、媒體

―が　発達する

―に　翻弄される

―を　利用する

現代はメディアが発達した社会だ。

現代是媒體發達的社會。

世論がメディアに翻弄されている。

輿論被媒體所玩弄。

メディアを利用して有名になる。

利用媒體出名。

メリット (merit) 　優點、特徵

－が　大きい

－に　なる

－を　もたらす

Ａ社にとって、今回の合併はメリットが大きい。

這次的合併對Ａ社益處很大。

ここで仕事を引き受ければ、後に我が社のメリットになる。

接受這工作的話，將來會成為我們公司的好處。

新たな法律の制定はより多くの人に福祉政策のメリットを

もたらすだろう。

新法律的制定會帶給更多人福祉政策的益處吧。

モニター (monitor)　監視（聴）器、定期報告員

—が　故障_{こしょう}する

—に　映_{うつ}る

—を　頼_{たの}む

モニターが故障_{こしょう}して何_{なに}も見_みえない。
監視器故障什麼也看不見。

店内_{てんない}の様子_{ようす}が監視_{かんし}モニターに映_{うつ}る。
店裡的情況播映在監視器上。

友達_{ともだち}に化粧品_{けしょうひん}のモニターを頼_{たの}む。
委託朋友擔任化妝品的定期報告員。

ユーザー (user)　使用者

―が　ふえる

―に　そっぽを向かれる

―を　獲得する

市場を開拓して新しいユーザーが増えた。

開拓市場，增加了新的利用者。

トラブル処理に失敗して、ユーザーにそっぽを向かれる。

申訴事件的處理失敗，流失使用者。

若者のユーザーを獲得するのが目標だ。

目標是要獲得年輕的使用者。

リアリティー (reality)　現實、真實性

―が　ある

―に　欠ける

―を　持たせる

この小説はリアリティーがある。

這本小説有真實性。

映像がきれいだが、ストーリーはリアリティーに欠ける。

影像漂亮，但是故事欠缺真實性。

具体的な描写を入れて、内容にリアリティーを持たせる。

加入具體的描寫，使得內容具有真實性。

リード (lead)　　領導、領先

—が　うまい

—に　任せる

—を　保つ

彼女はチームをリードするのがうまい。

她擅長帶領團隊。

捕手のリードに任せたのが勝因だ。

勝利的原因在於讓補手領隊。

ハイテク技術ではまだ大きなリードを保っている。

高科技技術仍然保持著大幅領先。

ルーツ (roots)　根源、祖先

—が　分かる

—に　迫る

—を　辿る

コーヒーのルーツが分かった。
知道咖啡的來源。

人類のルーツに迫る。
探究人類的本源。

餃子のルーツを辿る。
追溯餃子的來源。

Romanian	ルーマニア語	羅馬尼亞語
Russian	ロシア語	俄語
Slovak	スロバキア語	斯洛伐克語
Slovene	スロベニア語	斯洛維尼亞語
Spanish	スペイン語	西班牙語
Swedish	スウェーデン語	瑞典語
Samoan	サモア語	薩摩亞語

ロス (loss)　喪失、虧損

—が　大_{おお}きい

—に　つながる

—を　見_み込_こむ

この方_{ほうほう}法では時_じ間_{かん}のロスが大_{おお}きい。
使用這個方法的話，時間的損失大。

小_{ちい}さなミスが大_{おお}きなロスにつながる。
小失誤會導致大損失。

5パーセント程_{てい}度_どのロスを見_み込_こむ。
估計有百分之五程度的損失。

Somali	ソマリ語	索馬利語
Sotho	ソト語	梭托語
Tamil	タミル語	坦米爾語
Thai	タイ語	泰語
Tubetan	チベット語	藏語
Turkish	トルコ語	土耳其語
Tahitian	タヒチ語	大溪地語

國家圖書館出版品預行編目資料

新制日檢必考外來語 / 林小瑜 編著.
– 新北市：哈福企業, 2024.07
　　面；　公分. --（新日檢；8）
ISBN　978-626-7444-11-5　（平裝）
1.CST: 日語　2.CST: 外來語　3.CST: 能力測驗
803.189　　　　　　　　　113005749

免費下載QR Code音檔
行動學習，即刷即聽

新制日檢必考外來語
（QR Code 版）

編著／ 林小瑜
責任編輯／蘇珊
校訂／渡邊由里
封面設計／李秀英
內文排版／林樂娟
出版者／哈福企業有限公司
地址／新北市淡水區民族路 110 巷 38 弄 7 號
電話／ (02) 2808-4587　傳真／ (02) 2808-6545
郵政劃撥／ 31598840
戶名／哈福企業有限公司
出版日期／ 2024 年 7 月
台幣定價／ 379 元 (附線上 MP3)
港幣定價／ 126 元 (附線上 MP3)
封面內文圖 / 取材自 Shutterstock

全球華文國際市場總代理／采舍國際有限公司
地址／新北市中和區中山路 2 段 366 巷 10 號 3 樓
電話／ (02) 8245-8786 傳真／ (02) 8245-8718
網址／ www.silkbook.com 新絲路華文網

香港澳門總經銷／和平圖書有限公司
地址／香港柴灣嘉業街 12 號百樂門大廈 17 樓
電話／ (852) 2804-6687　傳真／ (852) 2804-6409

email ／ welike8686@Gmail.com
facebook ／ Haa-net 哈福網路商城